季節のままにふりむけば

森山 暁

東京図書出版

まえがき

『福井新聞』の「北風南風」に寄稿していた当時、このタイトルにふさわしい内容とは、どのようなことを書けばいいのだろうか、と日々頭を悩ましていたものだった。「北風南風」というからには、四季折々の風が吹き通っていくような季節の風物詩を書かなければ、とそう思えば思うほど手が止まった。えい、とばかりに、考えてもしかたがない、もう今の自分の身の回りを書くしかない。あんなこと、こんなことの日々を書こうと思った。

三年目には、新聞社から「子子子子子」と太く書かれた年賀状までいただいた。ねずみが五匹?なのかなと思ったら、これは「ねこのこねこ」と読むという。ねずみ年でもあった。思えば自分の干支でもあった。早速このことも本文に記することにした。これが紙上に発表されるや、ほどなくして、「北風南風」の企画は終わることになってしまった。

季節の流れることのなんと早いことか、あれからもう八年の月日が流れてしまった。今、その時をふりかえれば、今の自分はいったい何を成し遂げてきたのか。何一つたいしたことはやっていない。まさに「ねこのこねこ」そのものだ。今読み返すと、気恥ずかしさばかりが先にたってしまうが、しかし、ただ生まれたばかりで何もできない子猫のような存在であっても、生きているそのことじたいが、尊い一生でたいしたことなのだとつくづく思う。

東京図書出版さんに原稿を送ったら、ぜひという思いもかけないお言葉をいただいた。お読みくださる方々の遠大な日のことでなくてもいい、ちょっと先の明日のことでもいい、少しでもほのぼのと温かい明るい気持ちになっていただければ望外の幸せである。

平成二十八年初夏

森山　暁

季節のままにふりむけば◇目次

3 秋になり……55

4

1

春になって

庭に咲く草花

縁側のカーテンを開けると、今日も朝の静かな空気の中で、庭一面に三葉のクローバーの白い花が咲き乱れている。

うーん。一瞬、私のカーテンを開けた手が止まる。きれいだ、というようなものではない。遠い昔の懐かしい所へ帰ってきた、という気持ちだ。以前はこの庭にはいくら花の種を植えても育ったためしがなかった。

今から九年前までは、ここには住んでいなかった。そのころ、五月の連休や盆に帰省するたびに、花の種を植えて東京へ戻った。毎年それを繰り返していた。

ところがどうしてなのだろう。次に帰省するときに、その花の咲いているのを楽しみにくるのであるが、一度だって、花の咲いたのを見たことがなかった。咲いているのは、ちょっとや、そっとじゃ、抜けそうもないがんじょうな雑草ばかりだった。

　この土地は赤っぽい山土で造成した土地だから、花は育たないのだろうと私は諦《あきら》めていた。ところがそうではないらしい。どうやら人間に関係ありそうだ。私はこの分譲地に当分は住むつもりもないのに、家を新築した。人の住まない家は、草花にはわかるらしい。何度種を蒔《ま》いても花は咲かなかった。見てくれる人がいないと花も咲かないらしい。そしてどういうわけか、雑草だけがわがもの顔にはびこった。七年間それを繰り返した。が、この家に住み着くと、その雑草までが草ばかりの雑草から、花をつける雑草に変わり、種を蒔くと、見事なばかりの花々を私たちに見せてくれる。考えてみると、私たち家族が吐き出す二酸化炭素を、この花たちは吸って、このようなきれいな花を見せてくれているらしい。

　今年はなんの花の種も植えないのに、どこから飛んできたのか、三葉のクローバーの白い草花が、やさしく密生している。これは私が幼いころ、父母に連れられて畑に行き、母がそこに咲いたクローバーの白い花で作ってくれた首飾りと、少しも変わらない花の風景だった。

花の茎を抱くようにはさんだ緑の葉っぱは、ふりそそぐ陽光に温められ、涼やかな朝露に光っている。白い花が一段とさえて、みずみずしくところせましと咲き乱れている。

私の二人の子供たちも今、そこでたわむれて遊んでいる。うん。これでいいのだ。目を細めながら、そう思った。

三方五湖ばんざい

福井県ってどこにあるの？　だいたいそう聞かれる。石川県の下の方に。琵琶湖のちょっと上に。そう言ってやっと、ああ、などとうなずいてもらえる。私が知り合った東京の人は、ほとんどがそうだった。四十代半ばまで東京に住んだ。さびしい。それほど福井県は東京および関東一円に知られていない。今私はその福井県の美浜に住んでいる。まして美浜など知るはずもない。三方郡などと書くと、「さんぽうぐん」などと読まれる。いえ、「みかたぐん」と読むんです。必死になって相手に分かってもらおうとする。私のけなげな故郷思いの気持ちが頭をもたげるのだ。

こんな美浜でも、毎日のようにテレビニュースに出た。２００４年の美浜原発３号機の爆発といっていいほどの蒸気噴出事故。十一人もの死傷者を出した。原子力発電所の死傷事故だけに、いやというほどに全国に知れわたった。こんなことで知ってもらえてもうれしくもなんともない。ありがた迷惑だ。

休日になると、近くの和田の海岸から砂浜沿いに久々子に向かって歩く。走らないから息切れもしない。三十分もたつと汗がふきでる。運動不足のものにとってはいい健康づくりだ。東の水平線の切れ目に、原発のドームが白く見える。子供のころ初めて見たとき、あの異様なものはなんだろうと思った。今はなにも思わなくなった。自然の中にとけ込んでいる。それが当たり前の風景になった。それが怖いと思う。

波が岸辺に白い波頭をたてている。海から吹いてくる風が気持ちいい。砂浜が切れて、久々子湖に回る。子供のころハゼ釣りを楽しんだあたりは、町の総合運動公園になっている。体育館、野球場、遊歩道ができていて、昔の面影はない。緑の湖面を遊覧の白いジェット船が走り抜けた。

「特に水鳥の生息地として国際的に重要な湿地に関する条約」、イランの都市ラムサールで採決された、ラムサール条約という。国内では釧路湿原を第一号に五十カ所の登録湿地がある。登録されると、登録湿地を抱える市町村の情報交換が活発になる。国際会議やシンポジウムを開いたり、ラムサール効果は大きい。美浜町と若狭町にまたがるこの三方五湖が、２００５年中にラムサール条約に登録される。いい話だ。原発事故の暗い話を吹っ飛ばせる。

大きな国際的ブランドが背景になる。福井ってどこにあるの、どころではない。全国に向けて環境保全、観光振興の発信地になっていくのだ。間違いなく全国区だ。帰ってきた遊覧船から、大勢の人が手を振っている。おーい。おーい。私も思いきり手を振った。

継続力

東の空が次第にあからんでゆく早朝。くる日もくる日も欠かさず歩き続ける。雨が降ろうが、風が吹こうが。晴れた日の気分は最高である。家々は眠りに沈んでいる。その静けさと澄んだ空気の中を歩くのは格別だ。

しかし、雨や雪だと苦痛の連続だ。風雨の強いときは、雨合羽の帽子を目深にかぶり、前傾で歩く。前方は足もとの二メートル先ほどしか見えない。顔には横なぐりの雨があたり、時には霰《あられ》さえ吹き付けてくる。それでもやめることはない。

ここまでくると少し変人かなと、われながら思うときがある。しかし、さにあらず。同じように歩き続けている人が結構いる。いつも大股《また》で速足に歩いていく中年男性。ジョギング姿で走り去っていく三十代そこそこの女性。速足で肩を並べて歩いていく二人の中年女性。七十過ぎと見える老人たちもいる。みんなうつむきかげんに速足で歩いていく。寝たきりになりたくない。放っておけば衰えてゆく肉体の健康づくりを考えてのことだと思う。

いつも決まった時間に出るから、出会う場所もだいたい同じだ。健康づくりを思う気持ちは同じだから、行き違うときに連帯の挨拶《あいさつ》をと思うのだが、思うだけで言葉が出てこない。黙って行き過ぎるばかりだ。挨拶は社会生活の潤滑油。まことに情けない。毎日歩き続けるこうした人々こそ、本当の健康づくりを考えている人たちなのだと思う。

市町村で催すツーデーマーチやウォーキング大会。わいわいがやがや、なんともかしましい。そしてその日だけで終わってしまう。私も一度だけ若狭・三方五湖ツーデーマーチに参加したことがあった。コースの途中で給水所がある。六十過ぎの初老の婦人と雑談したのがきっかけで、ゴールまで一緒に歩いた。わざわざ青森からというのに驚いた。次は札幌のツーデーマーチに参加するのだと言っていた。ウォーキングしているというより、そうした生活ができる優雅さがうらやましかった。

　早朝一人で黙々と歩き続けるのと、どちらが良い悪いかは別にして、毎日続けているということは価値があるだろう。最近は都合もあって早朝は歩かないが、続けていることは違いない。

　ここに哲学者の故森信三先生の言葉がある。『どうせやるなら覚悟を決めて十年やる。するとひと仕事できる。それから十年本気でやる。すると頭をあげるものだが、それでいい気にならずにまた十年頑張る。すると群を抜く。しかし大抵のものがそこで息を抜く。それがいけない。これからが仕上げだと、新しい気持ちでまた十年頑張る。するともう相当に実を結ぶだろう。だが、月並みの人間はこの辺で楽隠居したくなるが、それから十年頑張る。すると、盛んに祝ってもらえるだろう。しかし、それからまた十年頑張る。するとこのコースが一番おもしろい』

子供からもらった幸せ

「うっせえー」

いつもの長女の聞きなれた言葉が、わが家に響きわたる。

「だったらなんでもっと早く寝ないのよ」

負けじと妻の語調もきつくなる。

「本当に学校に遅れるからね」

「いいもん。お腹《なか》が痛いんだから」

今日も長女は学校を休むらしい。布団から起き出そうとしない。

変わってしまった長女

長女は小学校六年生になった。昨年まではこんなことはなかった。それよりも二つ下の次女のほうが、算数の授業をいやがって登校拒否をくりかえしていた。そんな時でも長女は学校に行く時間になると、次女のことは気にとめず、「行ってきまーす」と元気な声を出し、登校して行った。

それが今はどうしたわけか、まったく反対になってしまった。家族の中でも次女が一番早く目を覚ます。七時半の集団登校の時間になると、元気よく飛び出して行く。長女はそれでもまだ起きてこない。腹が痛いと寝ているのに、無理に行けともと言えない。妻に諭されどうにか行く時は、登校の仲間は行った後で、一人とぼとぼと歩いて行く。「やべぇ」などと捨てぜりふを残して……。

最近の長女は不登校も多いが、言葉づかいも悪くなってきた。まずいことを「やべぇ」、うるさいことを「うっせぇー」、怖いことを「こえー」などと言う。家族四人がそろったある日の夕食時、私は長女のその言葉づかいについて、きつく叱《しか》った。「それは乱暴者が使うような言葉だ。やさしい言葉づかいをしなさい」と。そして不登校の事情を聞くと、長女は「友達が私のニキビを見て、『お前の顔は汚いからあっちへ行け』と言うから」と言った。

長女の口数は、日に日に少なくなっていった。

かき集めた修学旅行費

五月に入って修学旅行の日が近づいてきた。測量関係の自営業をしている私は、四月、五月と仕事がない日が多くなっていた。早朝の新聞配達と、妻の八万円ほどのパート仕事でなんとかやりくりをしていた。事務所の経費と毎月の家のローンの支払いをすると、手元にはほとんど残らず、何かの費用が不足すると、食費の分を削って支払うしかなかった。

ある日、長女は学校からもらってきたプリントを黙って妻に渡した。「修学旅行は二十七日と二十八日の一泊二日で奈良・大阪方面よ」と妻は言って、プリントを私に見せた。旅費は二万五千円で、小遣いは五千円までとなっていた。

今、私たちに三万円の現金はなかった。そんな事情が子供にもわかるのだろうか、長女に、旅行を楽しみにする気配はなかった。なんとかしなければと思いついたのが、郵便学資保険として毎月四千円ずつ袋に入れておいた分と、国民健康保険に支払うための現金だった。とにかく、出発の五日前には三万円の現金を長女に持たせることができた。

出発当日の朝、長女はにこにこしながら出て行った。やはり子供である。学校まで見送りに行った妻にあとで出発の様子を聞くと、子供たちの中には新調した服を着ている子もおり、何人かの親たちは小遣いを二万円、多い人では三万円も持たせていたと言った。

翌日、夜の七時にバスが学校に到着するというので、妻が次女をつれて迎えに行った。ほどなく三人は帰ってきた。

「お帰りなさい」

私が言うと、長女は、

「ただいま」

と言って、私たちの前に、奈良で買ってきたという鹿《しか》の形をした和菓子と小さなアクセサリーを出し、「これはお父さんの、これはお母さんの、これはえみちゃんの」と私たちと妹にそれぞれ渡した。そして、あらためて私の前に立つと、

「お父さん、ありがとう」

と言った。私は意味がよくわからないまま、

「うん、お疲れさま」

とこたえた。

長女はふだん着に着替えるため、自分の部屋へ入って行った。私はそのあとを追って部屋に入り、長女に聞いた。

「まーちゃん、さっきお父さんにどうして『ありがとう』って、言ってくれたの?」

長女はしばらく黙ったあとで、

「だって、お父さんがお金を用意してくれたから修学旅行に行けたんだもの……」

私はその場で長女を力強く抱きしめていた。

「そうか、そうか。まーちゃんって、本当にやさしい、いい子だな……」

長女は私の腕の中で茫然《ぼうぜん》と立ち尽くしていたが、その顔はほほえんでいた。

日常生活や言葉づかいで、いろいろと問題もあるが、私は長女から信頼されている、これなら長女は大丈夫だと確信した。

満面笑顔の長女を見ながら、私は心の中で「まーちゃん、ありがとう」と言っていた。

長女は着替え終わると、妻と次女のいる居間へ、スキップを踏みながら出て行った。

私は子供たちに何かと小言を言っているが、本当は私のほうが子供たちから幸せをもらっているのだと知らされた。はずむ長女の後ろ姿が、涙でぼんやりとかすんでしまった。

五感で感じる

『動物の気持ちを知るためには、机上のデータだけでは絶対に分からない。おりの中のチンパンジーをいくら観察したところで、彼らの気持ちはデータに出てこない。本当に彼らを知りたければ、自分もおりの中に入るしかない。

チンパンジーと同じポーズを取ってみる。同じものを食べて、一緒に寝てみる。もちろん、これは学問とはいえない。でも私は動物たちの心を知りたかった。それはつまり、命とは何かを知りたかった。』と、動物学者の畑正憲さんは言う。

今、命が失われつつある、そういう実感がある。指先一つのタッチですべての情報が入る。すべての情報が送れる。いわゆるIT社会の実現である。こうした政策が現場の声をよそに、トップダウン方式でどんどん決められていく。自分の目で見、耳で聞き、鼻でかぎ、舌で味わい、手で触ってみることはなく、知ることができてしまう社会。

確かに効率的で便利ではあるけれど、その本質と、それが息づいているのだという実感を感じ取ることができない。普通では考えられない親子間の殺人事件。メールのやりとりだけで殺人事件にまで発展していく児童間の事件。インターネットだけでの集団自殺。根っこはみな同じだ。指を切ったら生温かい血が出ることが実感できない。

畑さんは言う。『家で預かった女の子に、みそ汁をつくってくれないかと頼んだ。すると彼女は「お湯は何cc沸かせばいいですか？　みそは何グラム入れればいいですか？」と聞いてくるのだという。「君は愛を何グラムくださいと言うのかね。あいさつは五グラムしましょうかと言うのかね。そんなものは測れないでしょう。みそ汁も同じだよ。香りをかいで、味見をして、しょっぱければ、お湯を足せばいい。自分の五感で感じながらつくってごらん」』と畑さんが言ってあげる。

心や命というものは数式で表せるものではない。種々のデータは参考や指標にはなるけれど、それは決してすべてではない。人間が与えられたすばらしい五感を研ぎ澄まし、大切にすることで命というものがわかるのではないか。まったく感に堪えない。

国の手続きの96％はオンラインで利用可能な環境が整っている。しかし、その利用率は11％にすぎない。その扱いにくさに人々もどこか戸惑っている。もう少し人間らしくやりたいということか。頭だけで理解するには限界がある。レシピなしでみそ汁がつくれる子。鉛筆削り器などを使わず、ナイフで鉛筆が削れる子。こうして五感で感じながらやっていくことで、多くのことを学んでいけるのではないだろうか。

緑化で地球にやさしく

このままだと百年後、日本に住めないかも。となれば、夏が暑くなったことぐらいでは、すまされない。南極など大陸の氷が解け出す。海面の上昇により海岸の浸食が進む。福井県内では六十五センチの海面上昇によって、現存する砂浜のほとんどが消失するという。

急激な温暖化は、それによって対応できない生物種が絶滅する。稲作は西日本で減収。本県では冬季の降雪が降雨に変わり、山間部での降雪量が減少するため、春から夏にかけての水不足が予想され、稲に悪影響がでる。当然、人の健康への影響も大きくなる。熱中症の増加、マラリアなどの伝染病の増加。こんなことが今、現実の私たちの日常生活の中で起こりつつあるのだ。

現在、世界の気温は、百年で約〇・六度、日本の気温は、百年で約〇・九度上昇しているという。本県の気温も百年で約一・一度上昇しており、特に一九八〇年代から急激に上昇しているという。

ＩＰＣＣ（気候変動に関する政府間パネル）の報告によれば、このままでいくと、二十一世紀末の地球の気温は、温暖化の影響によって現在よりも一・四度から五・八度上昇すると予測している。こうなると、間違いなく感染症を媒介する蚊が冬を越せるようになり、伝染病が流行する。めまい、疲労、虚脱、頭痛、失神、吐き気、嘔吐《おうと》などの症状が多発。動植物は急な気候の変化に追い付けない。北を目指し、高地を目指して移動するだろうが、地形と人工物でそう簡単にはいかない。すでに最北端や高山に生息している動植物は、行き場を失い絶滅するだろう。

原因はすべてわれわれ人間がつくりだした。人間の便利になっていく生活、生産活動から温室効果ガスを多量に排出していったのだ。これを防止するのはわれわれ一人ひとりでしかないのだ。産業部門における京都議定書などの自主的な排出量の削減。低公害車の導入。エコライフの推進。ごみの減量化。太陽熱などの自然エネルギーを利用した新エネルギーの導入。地域や学校での環境教育。緑化の推進。

昨秋、私たち「みはま環境ネット」の仲間は、ヒマラヤザクラの植樹をした。旗護山トンネルを抜けて、美浜の東地区を走る国道27号沿いだった。

街路樹の働きとしてはいろいろある。野鳥や昆虫を呼び込み、景観をよくする。日陰をつくる。歩行者、車などの交通安全を確保する。防災に役立つ。殺伐とした都市空間に心の安らぎを与える。しかし、なんといっても大きいのは、二酸化炭素を吸収し、新鮮な酸素を放出し、空気に湿り気を与え、自動車排ガスの汚れを吸い取ってくれることだろう。

地球温暖化の影響はサクラにも表れ始めている。ここ五十年間で開花が五日以上も早くなっているという。何はともあれ、私たちも微力ながら、緑化の推進に一役買えた。

2

夏がきて

あの人この人愛嬌一つで首長

若葉が目にしみる樹木が、左右に整然と立ち並ぶ。そんな道を五十メートルほども行くと、教会のような建物が立ちはだかった。門がアーチになっている。平成十四年の五月下旬、早朝三時半に家を出て茅ヶ崎に向かった。故松下幸之助の理念、人間観に触れることができる、そんなセミナーが松下政経塾であった。

素直な心で衆知を集め
自修自得で事の本質を究め
日に新たな生成発展の道を求めよう

これが塾訓である。そして五誓として、

一　素志貫徹の事
一　自主自立の事
一　万事研修の事
一　先駆開拓の事
一　感謝協力の事

とある。

この日、全国から三十人ほどのＰＨＰ誌の愛読者が集まった。三十、四十代がちらほら。ほとんどが五十代から六十代だった。午後一時ぴったりになると、当時、衆議院議員の松沢成文氏が現れた。髪を七三に分け、クリーム色のスーツをゆったりと着こなしていた。四十はいっているのだろうか。三十代そこそこにしか見えない。白髪の多い会場から「若い」というため息とも思えるような声が、あちこちから漏れた。

「私は松下幸之助さんのことはよく知っているということはありませんでしたが、自宅の近くにも松下電器産業はありましたから、そんなことで知っていたぐらいでありますす」と開口一番、そんなふうに話した。

「私が松下政経塾を受けたころには九十に近い高齢になっておられました。受験生が全国から百二十二名いたと思います。私は私立大学ですが、そのほとんどが東大や京大の卒業生でした。その時点で私なんかは、とうてい無理だとあきらめました。最終的に合格者は二十二名だったのですが、その中の一人に私も入っていたのです。どうしても信じられませんでした。そこで私は審査委員長の松下幸之助さんに、その理由を聞きました」と松沢氏は話された。

「まあ、あんたに愛嬌《あいきょう》があるちゅうこっちゃなあ」というのが、松下さんの一声だったそうだ。「松下さんはこのように非常に、運を信じるとか、愛嬌を大切にしました」と松沢氏は結んだ。

松沢氏が去ってしまった研修室は、和やかさがなくなり静まり返った。やっぱり氏のオーラだろうか。まさか、それから一年とたたないうちに、神奈川県知事になるとは、夢想だにしなかった。それも氏の愛嬌のなせる業か。あれからもう五年目の夏を迎えた。

琵琶湖に咲いたクルー

第五十九回朝日レガッタ中学女子かじ付き四人スカルの予選は、ほぼ発艇時刻通りにアテンションゴーした。するすると先頭に出た美浜中は、軽快なオールさばきを見せ、そのままゴールした。昼の予選落ちで夕方には美浜に帰ってこれるものと思っていたら、決勝進出で帰れなくなった。困ったやら、うれしいやら。いやうれしいのだ。

午後の決勝は四時過ぎの予定だったが、湖面を吹いてくる風が強くなっていた。結局、天候不良のため、距離を五百メートルに短縮して、五時半過ぎからということになった。

五時を過ぎ、中間点の五百メートルブイの付近に各チームがオールを漕ぎ集まってきた。全部で五チーム。乗っている姿の影から、美浜中のクルーがどれで、長女がどこかがよく分かる。彼女たちもこちらに向かって手を振っている。ガンバレよ！　私も声の限りに手を振る。岸から二コース目の五レーンが美浜中だった。

相変わらず風は吹き続け、さざ波が強い。そのためになかなかスタートラインに各チームの舳先《へさき》がそろわない。そろったと思うと前に流されるボートがいたり、後ろに流されたりするボートがいる。すでに妻と妻の友人と二女たちはゴールに行っている。各チームの舳先をスタートラインにそろえるために、審判員が何度もマイクで注意している。やっと各チームがそろいだし三十センチばかり美浜中のボートが後ろに流されるや、アテンションゴーがかかった。

一斉に各チームのクルーたちのオールが水面を切るように激しく動き出した。先頭は隣の四レーンの瀬田中のようだ。スタート時の三、四十センチの差のまま、どんどん瀬田中は前へ出ていった。そのすぐ後を美浜中が追い掛けた。これはいけない。「ゴー！　ゴー！」私は思わず叫び続けて、ボートと並行して湖岸を走った。見る見る五艇の姿は小さくなっていく。しかし、少しずつではあったが、先頭を行く瀬田中に迫っていることは確かだった。

私の位置から遠くに見えるゴールでは、わずかながら美浜中がトップで滑り込んだように見えた。「やった」と思った。しかし、ゴールにいって妻たちに確認しなければならない。妻たちは目にいっぱい涙をため、小躍りして喜んでいた。一メートル以上の差をつけての堂々たる優勝ということだった。

私は心から子供たちのすばらしい健闘と喜びに拍手した。そして、教育とはただ学校の机の上の勉強だけではない、と思うにつけ、日ごろの先生方の指導と苦労に感謝した。同種目の男子も美浜中が優勝した。

教育哲学者の故森信三先生の言葉に、『教育の根本の真理は、書物の中には存せず、現実の唯中にあり、書物は心理の映像である』とあった。子供たちの部活動も、その心理を見つける一つであってほしい。

私たちはすでに暮色に包まれ出した琵琶湖をあとにした。感動をありがとう。

昇る狭霧や　さざ波の　滋賀の都よ　いざさらば

日常に有酸素運動を

飛ぶ。跳ねる。手足を動かす。汗が出る。こんなにいい健康づくりはない。ところが、これもやりすぎるとよくない。えっと耳を疑った。はっきり医者にそう言われた。

炭酸ガスや汗などの老廃物を体から出すことで全身の血流を良くし、健康体をつくる。汗を出すことで、毛穴の中にたまっていた老廃物が一緒に取り除かれ、肌が生き生きしてくる。そんな運動を週一回二時間、体育館でみっちりやる。このみっちり多量に汗をかくことがいけないという。

昨年の夏はたしかに暑かった。その分、運動のあとは、バケツで頭から水をかぶったほどに汗をかいた。そして歩けなくなった。なんだろう。全く原因が思い当たらない。とにかく右足が地面につけられないほどに痛い。やむなく病院へ行った。

高尿酸血症で尿酸値が高いという。

運動は体の特定の筋肉を動かす行為だが、筋肉が動くときのエネルギー源にATPという物質があるという。筋肉を使うとそのATPが消費され、壊れる。壊れたATPのなれの果てが尿酸だという。

楽な運動では尿酸はあまり出ないが、ある程度以上の強さの運動をすると尿酸が上がるというのである。へとへとになるまで運動をした後の尿酸値は、一時的に二倍近くまで上昇するという。

どのような運動が尿酸値を上げずに、健康づくりによいか。運動には有酸素運動と無酸素運動があるという。有酸素運動は体の中のいろいろな代謝が無理なく行われている状態で、尿酸も上昇しない。一方、無酸素運動は血液を送る心臓、酸素を送り込む肺、運動を行う筋肉が限界を超え、無理やり運動を持続している状態。脈拍が一分間に一一〇〜一二〇回を超えると無酸素運動になるという。これで尿酸値は急上昇するという。

こうなったら、徹底的に尿酸を下げることに挑戦することにした。まずはやはり食事からだ。尿酸はプリン体からできる物質だ。魚、カニ、エビ、レバーは極力食べない。野菜は毎日欠かさず食膳《ぜん》に載せる。朝目覚めてコップ二杯の水を飲む。朝食、昼食、夕食時に二杯。寝る前に二杯。合計一日二リットルの水分をとる。当然アルコール、特にプリン体が最も多く含まれるビールは断つ。

これだけの水分をとれば、運動の後は多量の汗をかくと思っていたが、逆に汗の量が少なくなった。その分尿の量が多くなった。尿酸は尿から体外に排せつされるから、やはりいい結果に結びついている。

以前のように多量の汗をかくと体内は脱水状態になり、尿の量が減る。汗の中には尿酸はあまり出ないので尿量が減ると尿酸値は上昇する。いいわけがない。ストレス解消のつもりの運動のしすぎは、実は悪循環を起こしていたのだ。健康な生活づくりとは、のんびりゆっくり型のライフスタイルをつくることだ。

真の偉人

まだ日の昇らない早朝のラジオから、人のざわめきや街の騒音が流れてきた。

「ここは東京の新宿駅東口前です。まだ朝の五時前ですが、かなりの人が集まってきています」と、アナウンスが流れる。

「これから構内のトイレや駅周辺を、きれいに掃除をしようというのです」

二十代を新宿で過ごした私にとっては、このラジオ放送は少し懐かしさもよみがえらせた。しかし、当時から新宿はそれこそ若者から老人まで、またその職業も多種多様、昼といわず夜といわず、ごった返している街であった。それだけにごみも大変な量である。それらをきれいに掃除しようというのである。

空き缶、道路一面にこびりついているガム、ホームレスの使った段ボール、植え込みを掃除。トイレはピカピカになるまで磨く。

最初は道行く人も「世の中にはもの珍しい人たちもいるものだ」とか、「おまえたちはこんな役にも立たないトイレ掃除しかできない人間か」と、軽べつのまなざしで通り過ぎたり、通行の邪魔になるとどなったりしたという。

ショックだったのは、帽子を目深にかぶって黙々とトイレ掃除をしている人たちの職業だった。東京都副知事、新宿区長、警察署長、校長先生、経営者などなどであった。バカにしていた人たちが、毎日続けてやっているこれらの人々の姿を見て、歌舞伎町や近隣に住む人たちも、「これは単なる見せかけではなく、本気だ」と分かり、「ご苦労さんです」と声をかけ、手伝うようになっていった。

現在の新宿西口、東口、南口、歌舞伎町は、ごみのないきれいな街になっているという。これらの人々は全国にある「日本を美しくする会」から集まった人々がほとんどということだった。

トイレ掃除をすることによって、謙虚になり、気付く人になり、感謝する心が芽生えると、創設者の鍵山秀三郎さんは言う。『広島県警では、暴走族にトイレ掃除をしてもらうことにより、更生させた。ある県立高校では、この掃除の実践で荒れ放題に荒れて体育祭すらできなかったのが、七年ぶりに復活した。』

鍵山さんは言う。『いくらスポーツ選手のように背の高い人でも、相撲取りのように体重のある人でも、私の五倍も十倍もある人はいない。せいぜい私の二倍から四倍が限度だ。ところが人間の心の「大きさ、広さ」は十倍、百倍どころか、人によっては千倍、一万倍、いや数字では表せないくらいの差となる。

基準として、自分のことしか考えられない人、こういう人は心が小さく狭い人。自分、家族、社会、地球と、周囲のことを思いやることができる人が大きく広い心を持つ。そう考えたとき、心はどんどん大きく広くなっていく。

人間は一人の例外もなく、幸せに生きたいと願っている。どうしたらいいか。三つある。一つ目は、してもらう幸せ。二つ目は自分でできる幸せ。三つ目は、人にしてあげる幸せ。「してあげる幸せ」は三つの中でも最高の幸せです』と、鍵山さんは結んだ。なんてすごい人だろう。私は本当の偉人を知る思いがした。

古ぼけた父の一冊

父の二十五回忌の法要を七月に済ませた。明治の終わりの生まれで、今も元気だとちょうど百歳かそのへんだと思う。

父はいつも朝早くから、母とともに、いかつい男が運転する人夫車に乗せられて、隣町の土方現場に行っていた。母とさほどかわらない背丈で、細身の小柄な父には不向きな仕事に見えた。まだ母の方が骨太でがっしりしていて似合っていた。

生活していくだけで精一杯の家庭で育った母は、小学校もまともに出ていない。

そんな母のいつもの口癖は、

「うちが一緒になっていたら、絶対に役場はやめさせなかった」だった。

父は母と結婚するまでは役場に勤めていたようで、母と一緒になったころには役場を辞めていたようであった。理由は給料が安いからということであった。

父方の祖父は地域の顔役で、村でもまだ誰もいないというのに、父を京都の旧制中学校にまで入れ卒業させた。卒業後、父は山形県の農業試験場に勤務し、やがて故郷に帰って地元の役場に勤めたようだ。

私は中学生になるころから、大学進学への熱い思いを持つようになった。しかし、父との意見はことごとく対立した。子供の反抗だったとはいえ、父にとっては、とんでもない小生意気な小僧に思えただろう。父の口癖はこうだった。

「大学に行ってなんになる。どうせおんなじ働くなら、大学など行かずに、すぐに働くことだ」

私は高校を卒業するとすぐに東京へ出た。就職先も一切父には相談しなかった。そんなことも原因だったのか三年後に母は入院した。母の看病を弟と交代でするこ とに決め、私は東京から帰った。しかし、二年後、母は帰らぬ人となった。それは父にもかなりの衝撃を与えたが、私も同様であった。私は仕事もなく、二年半近くを田舎で無為に過ごした。二十七歳になろうとしていた。父はもう何も私に言わなくなっていた。私も父とは口をきくことはなかった。なんの学歴もなく、なんの資格もない。どうすればいいか。高校を出てから十年になる。今さら勉強はしたくない。悩んだ末みつけたのが、学校さえ出れば試験なしでもらえるという国家資格だった。それは大学の工学部土木科、あるいは国が指定した専門学校を卒業し、実務経験を二年以上積めばもらえるという測量士の国家資格であった。

これにしようと思った。専門学校なら二年でいい。昼間働きながら夜学べばいいと思った。東京にはそうした専門学校が夜間部でもあった。入学金ぐらいは、これまで働いてきた貯金でなんとかできた。そんなことは父にはまったく知らせないで、

「また東京に行く」

とだけ言って、家を出た。

五年後、望み通りの測量士の資格を手にすることができた。建設省国土地理院からもらった登録証を父に郵送した。盆に帰省すると、居間の壁に、その登録証が額縁に入れられて飾ってあった。そして親戚の人々が口々に言った。

「おまえのとうちゃんがなァ、毎日賞状を持ち歩いてなァ、あにが測量士になったんやって、騒いで騒いでなァ」

姉も弟も妹もみんな独立して、ずっと父は一人暮らしがつづいた。母が亡くなって十三年間そんな寂しい生活をつづけて死んでいった。

葬式が終わって、一カ月ほどたったころ、生前の父の生活用品の整理をしようと、使っていた寝室に入った。部屋の隅には、私が小学生のころに使っていた座卓が置いてあった。私がその机を使わなくなってから、父は自分専用の机として使っていたようだ。引き出しの中を見ると、古びた一冊の本が出てきた。虫食いと手垢でよごれて赤茶けている。なかを開けると、父の手で、しっかりと赤線が引かれていた。その部分にはこう書かれている。

測量學（surveying）とは地表の諸點相互の相對的位置を測定しその地圖を作り更に其の形狀面積體積等を求める處の理論及び應用を論ずる學問であって、

上に述べた様な測定を野外で行う事を測量（survey）と言ふ。

巻末に、大正十二年七月一日初版發行、測量學一般篇、定價金貳圓となっている。

本を手にしたまま、しばらく動けなかった。

高校のころ父と口論すると、よくこんな言葉を耳にした。

「男の仕事というのはなァ、外でやるのが一番なんや」

今、私は父にひとことの相談もしないで、この測量の仕事に就いている自分を、

人間の運命の中で、どう考えたらいいのか、不思議な思いの中で生きている。

"死闘" 4分23秒69

美浜町久々子湖に夏の暑い日差しが照り付けている。快晴に晴れ渡った七月二十八日。第二十七回全国中学選手権競漕《きょうそう》大会は、最高のコンディションの下で行われていた。

座って落ち着く間もなく、女子かじ付き四人スカルの予選が通過していく。娘たちD組の美浜中Aは、かろうじて4分11秒28で二位に入った。結局、準決勝進出の予選通過タイムは、一位が静岡県の入野中Aで3分59秒23、二位が新潟県の阿賀町クラブAで4分06秒09、三位が石川県の丸内中Aで4分08秒50。美浜中Aは四位だった。大会一週間前の練習では3分59秒00を出したと聞いていたのに、硬くなってしまったのだろうか。不安がよぎる。

夕食後、娘に言った。「来る日も来る日も朝は五時起き、夕方も四時から土日の休みもなく、お前たちは耐えてきた。そんな練習の日々を忘れるな」。しばらくしてミーティングがあるから八時に集合するように、との監督からの電話が入った。

明けて二十九日。決戦の日だ。観戦場所はどこもいっぱいで、九百メートル付近の木陰に腰を下ろすしかなかった。準決勝A組の一位は美浜中Aで4分19秒34だったが、B組の一位は阿賀町クラブAで4分16秒86と上だった。予想通り決勝進出は、予選上位四校がそのまま残ることになった。

十二時を過ぎるころから、山を背にした練習水域に、各校のクルーが姿を現した。小柄な五人の美浜中のクルーも、艇に身を委ねるように水面に、その姿を浮かべていた。風が強い。日本海側からスタート地点にさざ波が立っている。「天気晴朗なれど波高し」

これで勝てるか、と妻と友人は不安がった。いや、この波こそ地の利だ。彼女たちは幾度となく、この波を経験している、と私はつぶやいた。出撃の時間が迫っていた。三年生最後の夏が今、終わろうとしている。

「ただ今スタートしたのは、女子かじ付きクォドルプル決勝であります」と場内アナウンスが流れた。私の座っている九百メートル付近からでは、本部席が突き出ていて、全くレースの状況が見えない。湖岸に並んで声援を送る人々の声が悲鳴になっている。

やっと八百メートル辺りを通過するクルーたちの姿が見えてきた。まるでダンゴだった。四チームとも横一線に見えた。目の前を四艇が通過する。「ラスト！百！」と絶叫する。波はやまない。「ラスト！　五十！」。美浜中がへさき一つ前に出た。「ヨーシ！　ラスト三十」「ラスト　十！」「ヨーシ」。トップで滑り込んだ。「よくやった！」。絶叫する声が声帯がつぶれて声になっていなかった。

双眼鏡で見る美浜中の五人は、泣きじゃくってぐったりと波間に漂っていた。私の双眼鏡の視界も、涙でぼんやりかすんでしまった。翌日の新聞で優勝タイムは4分23秒69、中間地点まで四クルー中、美浜中が最下位だったことを知った。よくもそれで、とあらためて胸が詰まった。コックスだった娘に聞いた。デッドヒートに入っていく八百メートル辺りからどうしていた？　と。「死ぬ気で漕げ！」と叫び続けたと言った。

3

秋になり

空に大地に人の波

中学の娘の運動会を見にいった。いや、運動会などというと娘にしかられるかもしれない。体育祭というようだ。四十数年前の私のころは運動会と言った。はつらつと動き回る子供たちを見ていて、当時の自分と何度も重なった。さわやかで、楽しくってしようがないのに、なぜか涙ぐんでしまった。時代の流れであろうか、やってる競技種目もずいぶん違う。走るというのはせいぜいリレーぐらいで、あとは色別に分かれてのマスゲームが多い。

私たちが運動会に期待した楽しみというのは、フォークダンスだった。男女共学とはいっても、昼間から男と女が仲良く手など握れない。それがおおっぴらにできるのだ。練習が待ち遠しくなる。あと何人目でお目当ての女の子と手をつなげる。わくわくする楽しさと、かれんな恥ずかしさの入り交じった気持ちで待つ。日ごろの屈強なガキ大将も、にたにたしながらやわらかい音楽のリズムに乗って踊っているのだ。

今はそんなフォークダンスはないが、マスゲームにかける彼ら彼女たちの、なんと真剣な姿であることか。よほど毎日この日のために練習してきたに違いない。そしてその表情のなんと明るいことか。男子が女子の制服を着、女子が男子の制服を着て競技を成功させようとしている。あまりにもすらりと格好がいい女の子なので見とれていたら、男の子だった。控室に帰ってくる彼女を目の前でよく見たら男の子だったので、愕然《がくぜん》とし、よろけてしまった。

何かの催し物を成功させるために、人が集まって何かをする。こんなことは最近めっきり少なくなった。町内会の祭りしかり、盆踊りしかり、正月の餅《もち》つきしかりである。ほとんどの者が餅は機械でつくものと思っているのではないか。私の子供のころは本当に臼杵を使ってついた。祭りは大きな山車をみんなで引っ張って歩いた。盆踊りは寺の境内に二重、三重の輪になって踊った。そうすることによって心が通う。人々の生きる心の励みになる。そこに住む人々の親しくなっていくきっかけにもなっていく。私は大事なことだと思っている。この何かをやって成長していく人の心の原点を、この娘たちの運動会は見せてくれた。

フィナーレを飾った『美浜音頭』で、アンコールの大合唱となった。場内アナウンスで再度踊ることになった。今度は見物の保護者の方も卒業生の方も、役員の方も自由に参加してくださいというアナウンスだった。「ワァー」と歓声が澄み切った空に突き抜けた。私も飛び入りだ。二重に三重に踊りの輪が広がった。子供たちの手が舞い足が舞う。先生方の手が足が、父母の手が足が晴れわたった秋の空に舞う。五木ひろしが小気味よく歌うリズムに合わせて。

「ひとのなみ！」「それ！」の掛け声が青い空に吸い込まれ、校庭いっぱいに響きわたった。この子たちの未来には、間違いなく幸せはある、と確信した。

涙のしずく

いま　花が咲いている
精いっぱい　咲いている
ぼくたちも　わたしたちも
精いっぱい　生きよう

ある都内の中学校の、校庭の花壇の掲示板にあった詩である。私はこの詩に出会って、どんなに救われたことだろう。

私の長男は、腸に穴があいた七〇〇グラムの超未熟児として生まれた。なのに、生存の確率は五〇パーセントだという手術に成功した。が、順調に成長していた三カ月たったある朝、容態が急変した。取るものも取りあえず、高速道路を乗りついで、病院の新生児集中治療室に入ると、長男は手足に点滴の針をさされ、体は薬でぶよぶよになって腫れていた。そのまわりを数人の医師と看護師がとりかこみ、手元の機械の目盛ばかりを覗いていた。私は保育器の中に両手を入れ、長男の体をさすった。長男は目を大きく見開き、両手両足をゆっくり上下に動かした。お父さんだよ、わかるのか、と私は辺りをはばからず叫んでいた。妻と二人の子供は、あとから電車で来ることになっていた。夕方近くになって妻たちは駆け込んできた。妻が長男の前に立つと同時に、計器の目盛は下がり始めた。そして目盛は二度と動くことはなかった。妻は長男の体を両手で包むと、来るまで待っていてくれたのね、そう言って泣きくずれた。じゃあ、もう楽にしてあげましょうね、と医師は言って点滴や機械を長男の体からはずしだした。以後私は茫然とした日々を過ごした。

私の二つ下の妹が、小学校に入学して間もなく、腎臓病で死んでいった時、一年近く泣いて暮らした母の悲しみがわかった。

「お母さん、私が死んでも寂しがらないでね。だって今桂子は死ぬことがうれしいことに思えるの。もう病気も桂子を苦しめることはないし、楽になれるんだもんね」と言った。

私たちにできることは、いま花が咲いている、精いっぱい生きること、と知らされた。

あの日あの人

現役のＮＨＫアナウンサーが、私のジャンパーの背中にＭ・Ｋと書いていた。書いている手の高さに、背中の高さを維持しているのがつらかった。思ったより背が低い。優に二十センチの差はある。

平成十六年の秋の夕暮れ、私たち数十人の実行委員は、県生活学習館の玄関でＭアナを見送っていた。男女共同参画のフォーラムで基調講演を依頼したのであった。最初からこの講演を誰に頼むか、けんけんごうごうだった。いろんな有名人、タレントの名があがった。

人によっては、あのクラスの人なら二時間で五十万円とか、いや百万円はするとか。それほどの予算はない。

ちょうど実行委員の仲間に、元ＮＨＫキャスターだった者がいた。二年ほど福井放送局でMアナと仕事をしていた時期があったという。それならと白羽の矢が立った。

しかし、交渉は難航した。MアナはNHKの職員であり、フリーの行動はとれない。NHKの決められたスケジュールの中でしか動けなかった。それでも、まだ三カ月ほど先のことで、なんとか調整してみようということだった。一カ月ぐらい前にどうにか、承諾をいただくことができた。

講演の中で、五年ほどいた福井放送局時代の話が出た。得意技は暗記力で、A4にびっしり書いた取材メモなんか一回、目を通すだけですらすら言えるのだという。越前海岸での越前ガニ漁の現地実況中継。カメラが回り出した。得意の暗記力でぎっしり頭につまっているメモが、立て板に水のごとく言葉となって飛び出していく。周りの漁師の人たちはシーン。誰も相手にしてくれない。

アナウンサーとしてこれほど恥ずかしい思いをしたことはなかったという。以後、生放送は一切メモを取らないで、その都度、現場、人に合わせてしゃべっているのだという。

過日の昼休みにテレビのスイッチを入れたら、Mアナが出演のデューク・エイセスのそれぞれの名前を言っていた。童謡を歌ったので、メンバーの幼少のころの写真をアップにし、誰の子供のころの写真かを当てる。Mアナはすべてを当て、その後、一緒になって歌った。全員のメンバーの名前を間違えないのも、長い歌詞をすらすら歌うのも、これはやっぱりと思った。

フォーラムが終わって、私たち全員が玄関でMアナを真ん中に記念写真を撮った。終わると、誰が言い出したのか、いつの間にか赤のスタッフジャンパーの背中に、サインをもらっていた。それなら私もと「子供が喜ぶので」と、Mアナに背を向けた。ニコニコ笑うと、小柄な丸顔が、ますます丸くなった。私たちスタッフ全員の名前も記憶されたかも。

皇太子さまの名執刀医

昭和四十五年の秋も深まった十月も下旬。私たち数十名の若者は、東京杉並区のあるバス停にいた。空は降るような星空。空手の練習を終えて、これから中央線の荻窪駅に向かおうとしている。一年前までは山手線の代々木駅前に道場があったが、師範が松濤館流として独立したため、杉並区の郊外の体育館に練習場所が移っていた。

練習仲間に三つ年下の東大生の後輩がいた。私は社会人で練習に通うにも、この代々木の道場は近くて便利なので、この道場を選んだ。東大生の彼がなんで、この町道場に通っているのか不思議に思っていた。バスを待つ間、彼にそのことを聞いた。

「名川君さ、東京大学にだって空手部はあるんだろ？」

「はい、あります」

「じゃあ、なんで大学の空手部に入らないで、こんな町道場に来てんの？」

「医学部なもんで、実習日が空手部の練習日と重なるんです。ここの道場でしたら月水金で来れるもんですから」

そんなふうに言っていた名川君が、時は流れて、つい四カ月ほど前、夕飯を食べてテレビを見ていたら、ニュースに出ていて驚いた。白髪は増えているものの、十九歳当時のりりしさは残っている。

ニュースは皇太子さまのポリープ切除手術の成功を報じていた。翌日の新聞をじっくりと見てみた。皇太子さまは、六月六日午前、入院先の東大病院で、十二指腸ポリープの切除手術を受けられた。

同日午後、金澤一郎皇室医務主管らが同病院で記者会見し「手術は成功した」と発表。出血もほとんどなく、皇太子さまは正午すぎに特別病室に戻り、待っていた雅子さまと言葉を交わすなど元気な様子という。

執刀した同病院の名川弘一外科系教授によると、全身麻酔をかけた上で午前十時十分に口から内視鏡を挿入。電気メスで少しずつ切除し、V字クリップを使って切除あとを粘膜で覆い、同十一時二十分に手術は終了した。

皇太子さまは術後約二十分して麻酔から覚め、「大丈夫ですか」との医師の問い掛けに「大丈夫です。もう終わったんですか」と答えた。手術室を自力で歩き、痛みもなかったという。

医学と空手道の両立を乗り越えた青年の、あるべき人生道を見せてもらった気がした。「先輩、二十代に出会った友達は、生涯にわたって二十代の友達なんです。大事にしたいです」と彼は言っていた。

空手道を生涯武道としている私たちにとって、ここにも空手道スポーツ教育のなかで立派な門人が育っていった。

福井県なしで龍馬は語れない

ここに高さ二十センチばかりの銅像がある。三十年ほど前に、高知県桂浜の土産店で買った。人物は坂本龍馬。当時はドラマや司馬遼太郎の小説などで龍馬ブームだった。私もそのファンの一人になった。その時の衝撃はぬぐい去ることができず、今にいたっている。

泣き虫。はなたれ。寝小便たれ。薄のろ。そんな少年が龍馬だった。さしずめ今でいえば、劣等生のいじめられっ子というところだ。

何百年も続いた身分制度の強い日本の封建社会。それを自由な民主主義の社会に変えた。少なくともその屋台骨をつくった。それがこのはなたれの泣き虫龍馬だった。そこには中学校で習った、堅い幕末の志士の坂本龍馬はいなかった。

現代社会の風潮のほとんどが、この龍馬がつくり最初にやったというのも楽しい。

新婚旅行。これも龍馬が、お龍という妻と鹿児島の霧島に行っている。株式会社。これは長崎の亀山社中で商社として。龍馬は学問には縁遠いが、学校も、のちの海軍兵学校の元ともなる海援隊。どの武士よりも商人感覚の強い龍馬らしいのが、江戸の銀座を京都へ移させる発想。幕府の経済力を奪い取るというのだ。

一八六一年五月中旬。勝海舟の命で、龍馬はわが福井県の越前に来た。あの英雄豪傑が居並ぶ維新回天の中で、信じられないことだが、ここで福井県が登場してくる。龍馬のおかげだ。大坂で知り合った越前藩士三岡八郎を通して、藩主松平春嶽から五千両の金を借りるのだ。神戸に海軍操練所を建てるため。正気の沙汰《さた》ではない。素浪人の龍馬が、ご三家に次ぐ家格の福井の殿様に、途方もない大金を借りようというのだ。しかし、龍馬にかかってしまうと、正気になってしまう。裃《かみしも》などは着ない。万年洗濯もしたことのないようなよれよれの羽織を着て、つばを飛ばしながら天下を論ずる。興に乗ってくると房をぐちゃぐちゃ噛み、ぐるぐるふり回す。房からは、つばが飛び散る。聞いている相手はしぶきで濡れっぱなしだ。にわか雨にあっているようなものだ。「顔が濡れてのう」と、西郷隆盛もこれには参ったという。三岡（のちの由利公正。五箇条の御誓文の起草者）は、顔をふきふき閉口しながら「分かった」と言った。春嶽はこの話を三岡から聞いて大笑いをして五千両を出した。

慶応三年十月十四日。徳川慶喜が大政を奉還した。しかし新政府を成功させるか否かは、財務が分かる者がいるかどうかにかかっている。この時も龍馬は西郷に三岡を推した。そして藩主春嶽を引っ張り出した。このためにまた龍馬は福井に来た。それから十二日後、龍馬は暗殺された。別れるときに龍馬からもらった写真を、三岡は足羽川の土手で転んでなくした。同時刻に龍馬がこの世を去ったという。三十数年前に訪れた桂浜は晴れわたっていた。銅像の龍馬は、光る太平洋のかなたを静かに眺めていた。今も桂浜の海は、まぶしく光っているだろうか。

4

冬へ

『ぞうさん』のうた

子どもたちが小さいころによく歌っていた、また歌ってあげた童謡。この歌には、生きる力を与えるほどの意味があることを知って、図らずも胸を熱くした。

ぞうさん　ぞうさん
おはなが　ながいのね
そうよ　かあさんも　ながいのよ
ぞうさん　ぞうさん
だあれが　すきなの
あのね　かあさんが　すきなのよ

作曲家の横山太郎さんがあるラジオ番組で、「そうよ　かあさんも　ながいのよ」と答えているのはだれでしょう？　と聞いていた。母親象か、子象か。そんなことは、これまでに考えたこともなかったが、歌の流れから母親象だと思っていた。ところが答えているのは子象だった。子象は堂々と「自分が他と違う鼻なのは、当たり前だし、大好きなお母さんも同じようにお鼻が長いのよ」と胸を張って答えているのだという。

ある日偶然だったが、その『ぞうさん』のことが書いてある本を、友人から借りる機会があった。『喜びの発見』（浅野喜起著）という本であった。その中には、この歌を、こう解説してあった。

『ひとりだけ鼻がやけに長いのをからかわれた象の子どもが、「そうよ　かあさんも　ながいのよ」とありのままを悪びれもせず受け入れ、さらに追いかけて「だあれが　すきなの」と聞かれると、「あのね」とひと呼吸おいてから、大きな声で「かあさんが　すきなのよ」とうたっている。

ありのままの自分をありのままに受け入れ、しかもそのありのままが好きだといっている。人が変だということを愛情をもって受け入れている。いかにも幸せそうな象の親子がそこにある。

「ぞうさん」は人並みのかっこいい鼻を持っていない。欠点すなわち人がいつも気にすることは、たいていは自分が今持っていないものである。自分が持っていないものを数えたてることをやめ、自分が今持っているものを数え直し、ありのままの自分をそのまま引き受けて、今できることをきちんとする。長所すなわち自分が今持っているものをひたすら伸ばす。鼻の長さを思い切り使う。

そのときもし自分の持っているものが好きになり、感謝することができれば、それに勝る幸せはない。あの象の子どもと同じように大きな声で「母さんが好きなの」といって生き生きと仕事に打ち込む。』

つらいことでも逃げないで引き受け、いつの日もただ『ひたすら長所に光を当てて生きる。』そんな力をくれるいい歌だった。

人生に定年なし

人生五十年といわれた昔。十六、七歳で結婚する者の多い中で、五十五歳で初めて妻をめとった。それも戦国中世。そして六十四歳で小田原城と西相模を手に入れた。驚きというほかない。伊勢新九郎、のちの北条早雲のことである。それから十七年かかって八十一歳のときに、三浦半島の三浦氏に攻め入った。八十七歳にしてようやく相模全円を統治した。この驚くべき遅咲きの人生はどうであろう。

二〇〇六年の現在、日本は世界一の長寿国になった。六十五歳以上の高齢者人口は、総人口の20%を超えた。推計だと二〇一五年には四人に一人は六十五歳以上になる。おまけに出生率が一・二五と、五年連続で過去最低を更新した。出生数から死亡数を引いた「自然増加数」も、明治以来初の減少となった。

少子化に歯止めがかからず、老人が増えていく。まさに文字通りの、超高齢社会を迎えることになったのだ。来年からは団塊の世代の定年大量退職が始まる。筆者もその世代だ。どう生きていく。

昨年六十五歳以上の労働人口は五百四万人で、全体の7・6％。また六十五〜六十九歳の仕事に就いていない男性の41・6％、女性の25・6％が働くことを希望している。定年後も意欲があるということでいい傾向だ。しかし、八十七歳でなおかつ現役で働き回った早雲のことを思えば、まだまだだ。

定年後、何をするということもなく無意味に過ごしていく一年は、十年にも等しいであろう。そうした生活には、あっという間に老いと病魔の足音が近づいてくるであろう。世界一の長寿国といわれても、寝たきり老人の超高齢社会では、少子化が進んでいるだけに最悪の長寿国といわねばならない。高齢者が能力・経験を生かし、一層活躍できる社会づくりが待ったなしに必要だ。

優れた業績を残した世界の偉人を見てみた。文王・武王父子に仕えて、天下統一に貢献した太公望は九十歳。ギリシャの哲学者ソクラテスは八十歳で楽器を学んだ。

ミケランジェロが最も偉大な絵を描いたのが八十歳。ニュートンは八十五歳でさらに研究に没頭した。日本の戦国という時代の先駆けをなした早雲は八十八歳の高齢でなお現役であり続けた。

優れた創造力、たくましい意志、燃ゆる情熱。青春とは、年齢ではなく心の様相をいう。詩人ホイットマンはいう。

若きは　うるわし
老いたるは　なおうるわし

たまゆらのシャンソン歌手

昭和五十五年も押し迫った寒風の吹きすさぶ新宿の夜だった。靖国通りをひたすら東へ向かった。約束は八時だった。新宿と名はついても一丁目、二丁目となると、東口からかなり歩いた。土曜日の夜とあって、伊勢丹前は人ごみでごった返している。肩をぶつけながらも五丁目の交差点あたりまでくると、やっと人通りが少なくなった。

もう一年になろうとしている。その年の新年早々、成田を飛び立ってパリに向かった。十九時間近い空の旅。ずっと機内での席が隣だった。その彼がマスターをする店へこれから行こうとしている。シャンソン喫茶だった。

道路からいきなり階段を降り、地下に入った。店に入ると、すでにもう一人の友人が来ていた。同じツアーのコンダクターだった。まだ客はまばらだった。薄暗い店内にぼんやりとオレンジ色の照明がついている。正面のステージにはグランドピアノが一台、スポットライトで照らされている。テーブル席が八つほど、カウンター席が十席ぐらいある。

「やあ」と言って、すでに座っている友人の前にどっかりと腰を落とした。店の奥から、「待ってたよ」とマスターが、にこにこして出てきた。相変わらず顔がゴリラそっくりで、とてもシャンソン歌手には見えない。注文した水割りを二人の前に置くと、『ろくでなし』を歌い出した。まるで詩を読んでいるように歌っている。とても顔に似合わないうまさだ。私たちは久しぶりの再会で話がはずんだ。店内は知らないうちに満席に近くなっている。

一時間ほどたったころだった。三人連れの客が入ってきた。うち一人が女。三人はカウンター席に座った。よくみると、女優のBさんと歌手のKさんとマネジャーらしき男だった。当時まだ三十代半ばのBさんである。それにしてもなんという若づくりか。脚に細めのジーパン。まるで女子高校生が持っていそうなバッグというより袋を、肩から斜めに下げている。

カウンターから、「マスター、マスター」と親しげに呼びかけながら盛んに笑いこけている。「Bさん、何か歌う?」とマスターが声をかけた。「いよっ!」と誰かがすかさず声を入れた。ここに渥美清がいたら、『男はつらいよ』のワンシーンそのままであろうか。

持ち歌でも歌うのかなと思っていたら、聞いたこともないシャンソンだった。しかし、更けゆくモンマルトルの夜を切々と歌う彼女に店内の客は、うっとりと静まり返っていた。歌い終わってマイクを受け取ったマスターは、大きく右手をあげて「Bさんでした!」と言った。と同時に「いいぞ!」とまた誰か声を出した。店内はいっそうにぎやかになった。新宿で見た、たまゆらの思い出は今も消えない。

子子子子、ですばらしい

元日早々、雪になって出かけるのをやめにした。福井新聞社からいただいた年賀状に、表題の「子子子子子」とあった。ねずみが五匹？　いや、これは「ねこのこねこ」と読むとあった。

そういえば今年は子《ね》年。年男でもあった。何をやるのか、やれるのか。同じ干支《えと》で親しみを持つ北条早雲。初夢を見た。地平まで見はるかす野があらわれた。杉が二本はえている。そこへ野ネズミが一匹あらわれ、二つの杉の根を食いきってしまうと、ネズミは虎になった。山内、扇谷両上杉を倒せということか。早雲はその通り関東の覇者となり、戦国乱世の歴史の扉を押し開けていった。

『人間に他の人間以上の恵まれたエネルギーや才能があったとする。野球のイチローのようにすばらしい運動神経に恵まれた人。あるいは数学の才がある。エネルギーと勇気がある。創意工夫がある。意志の強さもある。そういう人は大きな仕事をやり、それを成し遂げ、そして世間の人びとから拍手を受ければいい。だけど、その人たちは、それを誇るべきではない。ふつうの人以上のエネルギーや幸運をあたえられたことを、むしろ謙虚に感謝すべきである。

そして、ぼくたちはその人たちをうらやむ必要もない。人間は一生、何もせずに、ぼんやり生きているだけですごいのだ。』作家の五木寛之さんの語っていた言葉が思い出された。

『私たち哺乳《ほにゅう》類は一生のあいだ、約五億回の呼吸の尽きるとき、ゾウもネズミも人間もみんな生命を終える。一本の麦が数カ月、数十センチの木箱の中で、自分の命をかろうじて支える。そのためにびっしりと木箱の砂の中に一万数千キロの根を張りめぐらす。そこに育った実もついていない色つやも悪い麦に、おまえ、実が少ないなとか、色つやが悪いなとか非難したり、悪口を言ったりはできない。よくがんばってそこまでのびてきたな、よくその命を支えてきたな、とその麦の根に対する賛嘆の言葉を述べるしかない。

人間というものは一本の麦に比べると何千倍何万倍の大きさ、重さを持っている。無名のままに一生を終え、自分は何もせず一生を終わったと、卑下することはない。人間の値打ちというものは、生きている、この世に生まれて、とにかく生きつづけ、今日まで生きている、そのことにまずあるのであって、生きている人間が何事を成し遂げてきたか、それはそれで二番目ぐらい。

生きるために私たちが、目に見えないところで、どれほど大きな努力に支えられているか。自分の命が、どれほどがんばって自分を支えているか。』ただ生きているだけで尊い一生なのだ。

「ねこのこねこ」のように、ただ生まれたばかりで何もできない子猫のような存在であっても、生きているそのことが、尊い一生であって、すばらしいことなのだ。

外の雪はまだ降りつづいている。

あとがき

本書は、『福井新聞』に平成十七年七月二十六日から平成二十年三月十八日までに、「北風南風」と題して掲載されたエッセイと、平成十七年五月号の『月刊PHP』に掲載された「子供からもらった幸せ」、平成十七年五月発行（日本文学館）『涙のしずくⅡ』〈精いっぱい生きる〉に掲載された「涙のしずく」、新たに書き加えた「古ぼけた父の一冊」をまとめたものである。

今思うと、「北風南風」の原稿依頼をいただいた時から、すでに、この『季節のままにふりむけば』へのスタートが始まっていたのであろうか。そんな不思議な縁さえ感じている。

季節はあれから今にいたるも、どんな人にも平等に、寸分もたがわぬ速さで時を刻んで、流れている。そして人はいつの日か一生を終えていくのだ。それは、どうもがいても二度と帰ってこない日々だ。

だから、雨が降ろうが、嵐になろうが、ひでりになろうが、雪が降ろうが、いつどんな日であろうとも、ほほえんでいる自分でありたいと思っている。
なお、非力な私に、この雑文をまとめて、具体的なアドバイスを与えてくださった東京図書出版編集室の和田保子さんに、心からの感謝の意を表したい。

森山　曉

平成二十八年初秋

引用・参考文献

1　春になって

森信三『人生二度なし』致知出版社　（継続力）

小林成彦編『月刊ＰＨＰ』通巻六八四号　ＰＨＰ研究所　（子供からもらった幸せ）

福井県安全環境部環境政策課「福井県地球温暖化対策地域推進計画のあらまし」
　他アースサポーター関連資料　（緑化で地球にやさしく）

2　夏がきて

森信三『真理は現実のただ中にあり』致知出版社　（琵琶湖に咲いたクルー）

鍵山秀三郎『掃除道』ＰＨＰ研究所　（真の偉人）

鍵山秀三郎『鍵山秀三郎「一日一話」』ＰＨＰ研究所　（真の偉人）

寺田一清編『鍵山秀三郎語録』致知出版社　（真の偉人）

3　秋になり

日本文学館編集部編『涙のしずくII』日本文学館　（涙のしずく）

司馬遼太郎『竜馬がゆく』文藝春秋　（福井県なしで龍馬は語れない）

司馬遼太郎『この国のかたち』文藝春秋　（福井県なしで龍馬は語れない）

平尾道雄『龍馬のすべて』久保書店　（福井県なしで龍馬は語れない）

4　冬へ

浅野喜起『喜びの発見』致知出版社　（『ぞうさん』のうた）

司馬遼太郎『箱根の坂』講談社　（人生に定年なし）

五木寛之『大河の一滴』幻冬舎　（子子子子子、ですばらしい）

司馬遼太郎『箱根の坂』講談社　（子子子子子、ですばらしい）

森山　曉（もりやま　ぎょう）

1948年福井県生まれ。測量士、土地家屋調査士。収録作「子供からもらった幸せ」で第29回PHP賞受賞。2009年より福井県立大学にて人間関係論、文化人類学を学ぶ。

【著書】
『あの日あの時過ぎゆくままに』（東京図書出版）

季節のままにふりむけば

2016年９月16日　初版発行

著　者　森山　曉
発行者　中田典昭
発行所　東京図書出版
発売元　株式会社 リフレ出版
〒113-0021　東京都文京区本駒込 3-10-4
電話（03）3823-9171　FAX 0120-41-8080
印　刷　株式会社 ブレイン

ISBN978-4-86223-992-1 C0095
Printed in Japan 2016
日本音楽著作権協会（出）許諾第1607757-601号

ご意見、ご感想をお寄せ下さい。

［宛先］〒113-0021　東京都文京区本駒込 3-10-4
東京図書出版